這本書屬於我的寶貝：

....

目錄

給我的寶貝說故事①

作者：瑪麗蓮・喬伊斯（Melanie Joyce）
繪圖：莎曼珊・曼瑞迪斯（Samantha Meredith）
翻譯：張碧嘉
責任編輯：陳志倩
美術設計：王樂佩
出版：新雅文化事業有限公司
香港英皇道499號北角工業大廈18樓
電話：(852) 2138 7998　傳真：(852) 2597 4003
網址：http://www.sunya.com.hk
電郵：marketing@sunya.com.hk
發行：香港聯合書刊物流有限公司
香港新界大埔汀麗路36號中華商務印刷大廈3字樓
電話：(852) 2150 2100　傳真：(852) 2407 3062
電郵：info@suplogistics.com.hk
版次：二〇一九年六月初版

ISBN: 978-962-08-7267-9
Original title: Stories for 3 Year Olds
Copyright © Igloo Books Ltd 2019
Published under license by Sun Ya Publications (HK) Ltd.

給我的寶貝說故事 1

瑪麗蓮·喬伊斯　著

莎曼珊·曼瑞迪斯　圖

新雅文化事業有限公司
www.sunya.com.hk

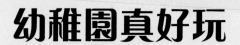

幼稚園真好玩

查理第一天上幼稚園，心情很緊張。

幼稚園很好玩的。

媽媽笑着對他說，但查理還是有點不開心。

我不想留在這裏啊。

他一邊說，嘴唇一邊在**顫抖**。

這時，一把友善的聲音
呼喚他的名字。

你好啊，查理。我們會
照顧你的，別擔心。

幼稚園的畢老師說。

5

畢老師向其他同學介紹查理，他們都
笑着跟他打招呼。

到了遊戲時間，凱莉和湯姆
來找查理一起玩。

來吧，我們帶你去
看看服裝箱！

湯姆說。

那個箱子放滿了各式
各樣的服裝。查理找到了
一頂帥氣的海盜帽子，還
有一個大大的海盜眼罩。

嘿嘿，我是威猛
的查理船長！

他叫道。

7

凱莉和湯姆都**咯咯地笑**起來。他們也想成為海盜，於是大家一起扮演乘船出海的海盜，展開冒險。

凱莉找到了寶藏，
他們還遇見了一隻海怪呢！

幼稚園裏充滿了許多**說話聲**、**歡笑聲**和**歡呼聲**，
大家在這裏都玩得很開心。

吃過茶點後，凱莉、湯姆和查理一起畫畫。

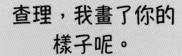

查理，我畫了你的
樣子呢。

凱莉說。

查理**大笑**起來，因為凱莉把
他的樣子畫得很有趣。

10

然後，畢老師請大家一起來玩樂器和唱歌。

凱莉**搖動**鈴鼓……

……湯姆**敲響**三角鈴……

……而查理
在**打鼓**！

11

音樂活動完結後，畢老師請他們安靜地坐在圖書
角裏。大家都坐下來聽她說故事，那是關於一隻害怕
飛行的小恐龍。

不久，查理看見媽媽站在幼稚園門外。他跑去**擁抱**媽媽，然後回頭跟湯姆、凱莉和畢老師**揮手**說再見。

明天見！

他露出大大的笑容說。

許願魔法棒

如果我發現口袋裏有一枝**魔法棒**，我想做什麼呢？
真希望可以乘坐一枚閃亮的紅色火箭，飛上太空！

我會跟很多有趣的外星人交朋友，
我會記住他們的名字。

他們會說：

地球人，歡迎來到
我們的星球呀。

然後我們一起玩
很多遊戲。

玩了一會兒後，我會邀請外星人來我的家。

我打電話給爸爸、媽媽說：

我會回來吃下午茶啊！

3、2、1

然後……

火箭升空！

引擎一**發動**，我們便飛上太空。

我們在各星球之間**穿梭**……

……還會**飛越**銀河系。

17

回到地球後，我們降落在花園中。鄰居們會非常
驚訝，媽媽和爸爸也會感到意想不到，**驚歎**起來。

我的朋友會覺得，能帶外星人回家一同玩耍，實在**太棒**了。我們會一起野餐，然後整個下午都在玩耍。

19

到了晚上，外星人說：

不好意思，我們是時候回去了！

他們坐在火箭上，**一飛沖天**。我跟他們揮手道別：

再見！

到了睡覺的時候，我會好好收藏魔法棒，然後鑽進被窩裏，想想明天要許下什麼願望。

最好的芭蕾舞朋友

貝娜一直很想成為一名芭蕾舞蹈員。有一天，她看見金妮和小斑在隔壁的花園裏練習芭蕾舞步。

我也想像他們那樣跳舞啊。

貝娜想着。

貝娜翻遍自己的服裝箱，從箱內找到了媽媽的一對舊芭蕾舞鞋。

真想快點穿上這雙鞋子到花園跳舞！

她叫道。

23

貝娜在草地上**蹦蹦跳跳**……　　　……又**跳躍**到半空之中。

我是芭蕾舞蹈員！　她叫道。

但當貝娜落在草地上時，她**腳下一滑**，直往花圃滑去。

貝娜跳了起來，
用盡全力以腳尖快速
旋轉。

她轉得頭暈眼花，
結果「**砰**」的一聲失控
地跌進菜園裏。

接着，貝娜又往上跳起，把雙手**高舉**在空中，卻不小心打翻了媽媽的吊籃，裏面的花兒都掉落在她的頭上。

金妮和小斑從欄柵外看見這情景，匆匆走過花園
小徑來找貝娜。

貝娜，你在做
什麼啊？

金妮笑着問。

如果需要的話，
我們可以幫忙啊。

小斑友善地說。

貝娜坐下來，告訴金妮和小斑，她跟他們一樣，也很想學跳舞。

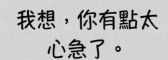

我想，你有點太心急了。

金妮說。

你要先學一些基本舞步，我們來示範給你看吧。

小斑說。

首先，用你的
腳尖點地。

金妮說。

然後踏步，
一、二、三。

小斑說。

接着你要把雙手
高高舉起。

他們說……

……轉身、腳尖點地，
踏步一、二、三！

貝娜叫道。

　　小斑和金妮整個下午都在跟貝娜練習。不久，貝娜已經能完美地跳出舞步。金妮將自己其中一件芭蕾舞裙和一對簇新的芭蕾舞鞋送給貝娜。

謝謝你啊！

貝娜驚喜地說。

媽媽看着貝娜優美地**轉圈**，驚喜萬分，並說會帶她去上芭蕾舞課。

金妮和小斑，謝謝你們。你們是我最好的芭蕾舞朋友！

貝娜說。

骯髒的小怪獸

有一天，媽媽告訴貝絲和馬斯，珍姨會來探訪他們。

我們可以在她來到前到花園裏玩耍嗎？

貝絲問。

可以，但盡量要保持衣服乾淨，大家都不想你們看起來像兩隻骯髒的小怪獸啊。

媽媽說。

知道了！

馬斯叫道，他已急不及待想跑到屋外的陽光下玩耍。

33

貝絲跟馬斯首先玩捉迷藏，但貝絲想不到該躲到哪裏去。

你準備好了嗎？
我來了！

馬斯叫道。

貝絲迅速地**竄進**樹叢下，努力地忍着笑。

馬斯四處尋找貝絲。忽然，
他看到貝絲躲在哪裏了。

呵呵，找到你了！　他大叫。

貝絲尖叫一聲，從樹叢滾到草地上。她全身都布滿
葉子和小樹枝呢！

但當馬斯想要接球的時候，卻被水喉纏住了，
不小心跌進手推車裏。

貝絲在花園裏追着哥哥跑，直至他倆幾乎**滑倒**在濕潤的草地上。

馬斯努力地在花圃前面**急停**，但貝絲仍往他的身後直衝。

馬斯和貝絲一同掉進濕軟的花圃裏，全身**沾滿**了小花瓣。

這時，媽媽從廚房裏叫道，珍姨已經來了。馬斯和貝絲腳步蹣跚地走進屋內，看起來非常骯髒。

他們都為弄髒了自己而跟媽媽道歉。

要他們保持乾淨真困難啊。

媽媽微笑着說。

她看着珍姨，珍姨也忍不住大笑起來。

真是一對骯髒的小怪獸，
但無論如何，我們都那麼
愛你們！

珍姨說道，眼睛裏
充滿笑意。

伯特，睡個好覺吧

天黑了，原來已經到了晚上，伯特差不多該去睡覺了，但他並不想睡覺。

伯特告訴媽媽，每次她關了燈之後，自己就會聽見一些怪聲，又會看見黑暗中有東西在移動。

媽媽告訴他不用擔心，也許是樹上的貓頭鷹，
她很愛在晚上出來活動，又很喜歡高聲**唱歌**。

也許是友善的狐狸先生，他在月光下**靜悄悄地**回家。

他想給狐狸太太一個驚喜，不希望被她發現，卻不小心發出了聲響。

也許是鄰家那些頑皮的小兔子在搗蛋，

他們在牀上**跳來跳去**……

……又在地上**滾來滾去**。

你不用害怕，只要知道那些怪聲是從哪裏來，便沒什麼可怕的了。

於是伯特安心地鑽進被窩裏，很快便安靜下來。他笑着
合上眼睛，沒有偷偷張望，愉快地進入了夢鄉。